D1115382

Título original: **La Quima juga amb la seva ombra**
Primera edición en castellano: febrero de 2015
© Texto: Roser Ros
© Ilustración: Francesc Rovira
Traducción del catalán: Roser Ros
© 2015 Takatuka SL
Takatuka / Virus editorial, Barcelona
www.takatuka.cat

Impreso en El Tinter, Barcelona, empresa certificada ISO 9001, ISO 14001 y EMAS
Impreso en papel ecológico TCF blanqueado sin cloro
ISBN: 978-84-16003-33-4
Depósito legal: B 1585-2015

Chelo
juega con su Sombra

Texto de **Roser Ros**
ilustrado por **Francesc Rovira**

TaKaTuKa

Es mediodía. Chelo sale a pasear.

¡A Chelo le parece que lleva algo pegado
a sus pies! Y es del color, del color, del color...
¡de las sombras!

Pero, ¿de qué color son las sombras?

¿De dónde nacen las sombras?

¿De qué están hechas las sombras?

Bufff, ¡cuántas preguntas!

Chelo sabe que eso es su propia sombra
y que está hecho de ella misma.

También sabe que la sombra siempre aparece
del lado opuesto al sol.

Cuando Chelo echa a correr, siempre lleva
la sombra pegada a los pies. Claro, ¡la sombra
se mueve con ella!

Cuando Chelo echa a andar,
la sombra avanza con ella.

¡Caramba!

A Chelo no le hace ninguna gracia tener la sombra siempre pegada; la muy cobarde es incapaz de tener vida propia.

Chelo pega un salto y, ¡vaya susto!, la sombra se despega de sus pies. Chelo cae al suelo y vuelve a saltar y la sombra se despega de nuevo. Entonces le grita:

—Sombra, ¿por qué vienes y te vas? ¡No pensarás que me das miedo? No te tengo ni poco, ni mucho, ni pizca de miedo.

Y después de pronunciar estas palabras, a Chelo se le ocurre una idea: jugará con sus inseparables compañeros, la muñeca y el osito de peluche.

Pero desde la ventana alguien espía a Chelo.

¡Oh!, ¿quién puede ser?

¡Vaya!, se trata del papá de Chelo, que está
sacando fotos mientras juega con las sombras.

Ahora los dos van pasando las fotos. Y, ¿qué ven?

La sombra de Chelo. ¿Seguro que es ella?

Chelo abriendo el paraguas entre el sol
y la sombra que se proyecta en el suelo.

Chelo exponiendo a la luz del sol
papeles de celofán de distintos colores.

Sombras de distintos colores: eso es
porque la luz del sol ha pasado a través
de los papeles de celofán.

Chelo dibujando con tiza en el suelo la sombra de su muñeca. Esta vez la sombra tiene color... ¡de sombra!

Chelo dibujando la silueta de la sombra del oso de peluche.

Al oscurecer, papá saca una foto de Chelo
debajo de una farola encendida y algunas fotos
de su sombra. Si la niña se acerca o se aleja
del punto de luz, la sombra cambia de tamaño.
Lejos de la farola, la sombra crece; cerca de la
farola, se vuelve pequeña.

¡Ya basta, Chelo, a dormir!

Pero antes de cerrar los ojos, Chelo se pregunta: ¿adónde irá la sombra mientras duermo?

PARA JUGAR A LAS SOMBRAS

Se necesita el siguiente material:

1. Un día de sol, una farola de la calle, una luz potente o un foco.

2. Un paraguas.

3. Papeles de celofán de distintos colores.

4. Tiza para dibujar en el suelo.

5. Una cámara fotográfica, móvil, *tablet* o cualquier otro aparato que saque fotos.

6. Una persona dispuesta a ayudarte a sacar fotos.

Propuesta 1

Como Chelo, abre un paraguas en un lugar soleado o iluminado por un punto de luz y realiza diversos movimientos. Que una persona saque fotos de las distintas formas de las sombras.

Propuesta 2

Como Chelo, expón los papeles de celofán de diferentes colores a la luz del sol o de los focos. Que una persona saque fotos de las sombras de distintos colores que se proyectan.

Propuesta 3

Como Chelo, dibuja con tiza en el suelo la sombra de la muñeca o de uno de tus juguetes preferidos. Que una persona saque fotos de las sombras de distintas formas que proyectan los juguetes.

Poema

Caminaba tan tranquila
por la calle un mediodía
y vi frente a mí una sombra.

Pegué tal salto, ¡ay, ay, ay!,
que las dos nos asustamos.
¿Quién tenía miedo a quién?

¿Me movía? Me seguía.
¿Daba saltos? Me imitaba.
¿Me alejaba? Ella crecía.

¿Me acercaba? Se achicaba.
Al final todo cambió
y nos hicimos amigas.

¡CORRE, CORRE QUE TE PILLO!,
gritó ella; y yo contesté:
¡CORRE, CORRE QUE TE TENGO!

Quien se asusta es mi papá:
—¡Esta niña ya no teme
ni a las sombras! —exclama.